KB122704

홍의 기마상(충익사 기념관 소장 _ 그림:서울대학교 정창섭 교수)

충익사(경남 의령군 의령읍 중동리)

망우당 생가(경남 의령군 유곡면 세간리)

의병탑(경남 의령군 의령읍 중동리)

의병창의도(충의사 기념관 소장 _ 그림 : 서울대학교 정창섭 교수)

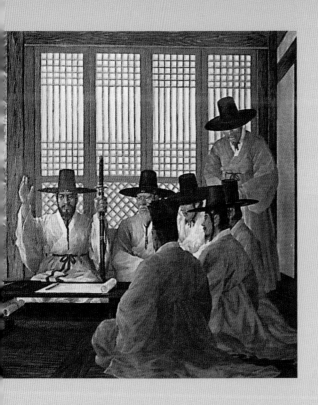

거름강 전투도(충익사 기념관 소장 _ 그림 : 서울대학교 정창섭 교수)

정암진 승첩도(충익사 기념관 소장 _ 그림 : 서울대학교 정창섭 교수)

망우당 친필 시-하가야

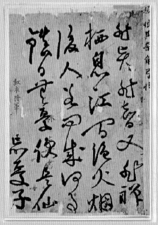

망우당 친필 시-칠언율시

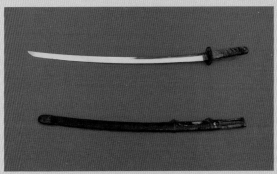

곽 망우당 유물 _ 장검(보물671호)

곽 망우당 유물 _ 팔각대접, 갓끈(보물671호)

곽 망우당 유물 _ 마구, 포도연(보물671호)

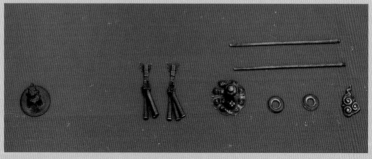

곽망우당 유물 _ 사자철인(보물671호)

망우당 곽재우 시집

강정으로 돌아오다

망우당 곽재우 시집

강정으로 돌아오다

초판 인쇄일 | 2009년 4월 15일
초판 발행일 | 2009년 4월 22일

지은이 | 곽재우
엮은이 | 윤재환(의령문인협회 회장)
펴낸이 | 정화숙
펴낸곳 | 개미

출판등록 | 제1999 – 3호 1992. 6. 11
주소 | (121 – 736) 서울시 마포구 마포동 136 – 1 한신빌딩 1412호
전화 | (02)704 – 2546, 704 – 2235
팩스 | (02)714 – 2365
E-mail | lily12140@hanmail.net
ⓒ 윤재환, 2009

값 10,000원

ISBN 978 – 89 – 87038 – 95 – 7 03810

망우당 곽재우 시집

강정으로 돌아오다

곽재우 지음

개미

시인으로서의 곽재우를 새롭게 인식하는 계기가 되기를

　망우당 곽재우 홍의장군은 장군이기 이전에 이미 선비였고, 학자였다. 그래서 시도 많이 썼다. 지금까지 전해 내려오는 시가 모두 37편이다.

　임진창의 417주년을 맞아 여는 제37회 의병제전을 기념하여 시집을 묶어 낸다. 37편의 시를 37회 의병제전 기념으로 묶어 내는 것이 큰 행운이 아닌가 생각한다.

　시집은 모두 한시이기 때문에 곁에 시를 번역하여 함께 실었다. 한시와 번역시는 홍우흠 님이 쓴『수정국역 망우선생 문집』과 이재호 님이 쓴『국역 망우선생 문집』을 참고했다. 그리고 시적 의미를 더하기 위해 두 분이 번역한 시를 바탕으로 새롭게 구성한 부분도 있음을 밝혀 둔다.

특히 독자들에게 도움을 주기 위해 한시 곁에다 한글 음을 덧붙였다. 혹 한시를 한글 음으로 바꾸는데 있어 음이 다를 수도 있다. 널리 이해를 구한다.

이 시집이 이 시대를 살아가는 사람들뿐만 아니라 자라나는 청소년은 물론 후대에까지 곽재우 장군의 나라사랑의 충의의 정신을 가슴에 품게 하는 계기가 되기를 기대해 본다. 아울러 장군으로서의 곽재우가 아닌 시를 통해 세상을 아름답게 노래한 문학의 향기를 품은 시인으로서의 곽재우를 새롭게 인식하는 계기가 되면 좋겠다.

이 시집을 묶어내는데 큰 도움을 주신 곽망우당기념사업회 곽건영 이사장님과 시집을 출판해 주신 도서출판 개미 최대순 사장님께도 감사의 인사를 올린다.

봄을 맞아 향기고운 꽃들이 아름답게 피었다. 곽재우 장군과 의병들의 위패를 봉안하고 있는 충익사에도 아름다운 꽃들이 피었다. 나라사랑의 꽃도 피었다.

이 시집을 곽재우 장군의 영전에 바친다.

2009년 4월에
의령문인협회 회장 윤 재 환

차례

歸江亭 귀강정

誤落塵埃中 오락진애중

三千垂白髮 삼천수백발

秋風野菊香 추풍야국향

策馬歸江月 책마귀강월

강정으로 돌아오다

혼탁한 세상 속에 내려와

흰머리만 길게 드리워졌네

가을 바람에 들국화 향기로운데

달밤에 말을 달려 강정으로 돌아왔네

詠懷 三首 1 영회 삼수 1

平生慕節義 평생모절의

今日類山僧 금일류산승

絶粒無飢渴 절립무기갈

心空息自凝 심공식자응

회포를 읊음 1

한평생 절개와 의리만을 본받았으나
오늘에 와서는 산 속의 중과 같은 신세가 되었네
곡식을 먹지 않으니 배고프고 목마름은 없어지고
마음을 비우니 호흡은 저절로 안정이 되네

詠懷 三首 2 영회 삼수 2

心田無草穢 심전무초세

性地絶塵栖 성지절진서

夜靜月明處 야정월명처

一聲山鳥啼 일성산조제

회포를 읊음 2

마음속에는 잡초의 우거짐이 없어지고
본성 바탕에는 먼지의 깃들일 곳도 없어졌네
고요한 밤 달 밝은 어느 곳에서
이따금 산새 우는 소리 들려오네

詠懷 三首 3 영회 삼수 3

儒家明性理 유가명성리

釋氏打頑空 석씨타완공

不識神仙術 불식신선술

金丹頃刻成 금단경각성

회포를 읊음 3

유가에서는 본성이 곧 천리임을 밝혔고

불가에서는 완연 무지한 공허를 타파했네

신선되는 방술은 알지 못하니

금단이 잠깐 동안에 이루어질는지

在伽倻次石川韻 三首 1 재가야차석천운 삼수 1

莫不苦長夜 막불고장야

誰令日未曛 수영일미훈

欲看天地鏡 욕간천지경

須自絶塵紛 수자절진분

가야산에 있으면서 석천이 지은
시의 운자를 따서 지음 1

모두가 긴긴 밤을 싫어하지만
누가 저 해를 지지 않도록 하겠는가
하늘 땅의 밝은 빛을 보려고 한다면
모름지기 스스로 세속의 분잡함을 끊어야하리

在伽倻次石川韻 三首 2 재가야차석천운 삼수 2

東山月未出 동산월미출

西峀日已曛 서수일이훈

營營塵世事 영영진세사

晨夕亂紛紛 신석란분분

가야산에 있으면서 석천이 지은
시의 운자를 따서 지음 2

동산에 달이 뜨기도 전에

서산 봉우리엔 해가 벌써 지고 있네

아옹다옹 탐구하는 속세의 일은

새벽에서 저녁까지 어지럽고 시끄럽기만 하네

在伽倻次石川韻 三首 3 재가야차석천운 삼수 3

曾賞紅流洞 증상홍류동

(缺) 送日曛 (결) 송일훈

山中無一事 산중무일사

山雨細紛紛 산우세분분

가야산에 있으면서 석천이 지은
시의 운자를 따서 지음 3

일찍이 홍류동에 구경갔다가
(글자가 없음) 하루 해를 보내게 되었네
산 속이라 아무 일도 없는데
가랑비만 부슬부슬 내리고 있었네

題朴應茂壁上韻 제박응무벽상운

智異山中去 지리산중거

雲煙何處尋 운연하처심

洛花迷歸路 낙화미귀로

無人知此心 무인지차심

박응무의 벽 위에 쓴 운자를 따서 씀

지리산 속으로 찾아갔건만

구름 안개 자욱한데 어느 곳에 찾겠는가

떨어진 꽃 뒤덮여 돌아올 길 잃었으니

이 마음을 어느 누가 알아주랴

偶吟 우음

廣野盈靑草 광야영청초

長江滿綠波 장강만록파

忘憂心自靜 망우심자정

調火煉名砂 조화련명사

32

우연히 지은 시

넓은 들엔 푸른 풀이 우거져 있고

긴 강엔 푸른 물결 넘실거리네

근심을 잊으니 마음이 절로 고요함에

불을 알맞게 지펴 단사를 만드네

次裵大維題滄江上韻 차배대유제창강상운

都忘塵世事 도망진세사

閒坐困成眠 한좌곤성면

幸遇情朋話 행우정붕화

亦知有宿緣 역지유숙연

배대유가 쓴 〈창암강사〉에 쓴
시의 운자를 따서 시를 씀

속세의 일은 모두 잊고서
한가로이 앉아 피곤해 졸고 있었네
다행히 정든 친구 만나 꿈 속에서 이야기하니
그대와 전생의 인연이 있음을 알 수가 있었네

重陽女壻成以道會於江亭 중양여서성이도회어강정

— 召命適至 소명적지

江山形勝最 강산형승최

風氣接蓬丘 풍기접봉구

啗栢眞仙子 담백진선자

爛柯豈俗流 난가기속류

共觴千日酒 공상천일주

同醉五雲樓 동취오운루

可笑偸桃客 가소투도객

徒從金馬遊 도종금마유

중양절에 사위 성이도와 강정에서 만났는데
— 때마침 올라오라는 조정의 명령이 내려왔다

강과 산의 좋은 경치 이곳이 으뜸이니

풍토와 기후는 봉래산에 잇닿았네

잣을 먹고 사니 참으로 신선인데

도끼 자루가 썩으니 어찌 세속 사람이겠는가

천일주를 서로 술잔에 따르면서

오운루에서 같이 취해 보세

옛날 선도를 훔친 동방삭이

금마문에서 논일이 우습기만 하네

初構滄巖江舍 초구창암강사

斥土治巖階自成 척토치암계자성

層層如削路危傾 층층여삭로위경

莫道此間無外護 막도차간무외호

李三蘇百翫空明 이삼소백완공명

창암강사를 처음 지음

땅을 개척하고 바위를 다듬으니 계단은 절로 이루어졌는데

층계마다 깎은 듯이 길은 위태롭기만 하네

이곳에 울타리가 없다고 말하지 말라

그 누구나 모두 함께 밝은 달을 구경했네

江舍偶吟 二首 1 강사우음 이수 1

巖間犬吠知聲應 암간견폐지성응

水裏鷗飛見影孤 수이구비견영고

江湖閑適無塵事 강호한적무진사

月夜磯邊酒一壺 월야기변주일호

강사에서 우연히 읊음 1

바위 사이에서 개 짖으니 메아리로 들려오고

물 속에서 갈매기 날으니 외로운 그림자가 비치네

강과 호수 한적하여 세속 일이 없는데

달밤의 모래톱엔 술 한 병만이 제격이네

江舍偶吟 二首 2 강사우음 이수 2

下有長江上有山 하유장강상유산

忘憂一舍在其間 망우일사재기간

忘憂仙子忘憂臥 망우선자망우와

明月清風相對閒 명월청풍상대한

강사에서 우연히 읊음 2

아래에는 장강이요 위에는 산이 있는데

망우정 한 채가 그 사이에 있구나

시름 잊은 신선이 근심 잊고 누웠으니

밝은 달 맑은 바람이 엇갈리니 한가롭기만 하네

詠懷 영회

辭榮棄祿臥雲山 사영기록와운산

謝事忘憂身自閒 사사망우신자한

莫言今古無仙子 막언금고무선자

只在吾心一悟間 지재오심일오간

회포를 읊음

영화와 이록을 버리고 구름산에 누웠으니

세상 근심 다 잊음에 몸은 절로 한가롭네

예나 지금이나 신선이 없다고 말하지 말라

다만 내 마음 한 번 깨달음에 있느니

有召命 유소명

九載休糧絶鼎煙 구재휴량절정연

如何恩命降從天 여하은명강종천

安身恐負君臣義 안신공부군신의

濟世難爲羽化仙 제세난위우화선

임금께서 부르는 명령이 있음

구년 동안 식량 끊고 밥을 짓지 않았는데
어떻게 은명이 대궐에서 내려왔을까
한몸 편안히 하자니 군신의리 저버릴까 두렵고
세상을 구제하자니 신선되기 어렵다네

贈李完平元翼 증이완평원익

心同何害跡相殊 심동하해적상수

城市喧囂山靜孤 성시훤효산정고

此心湛然無彼此 차심담연무피차

一天明月照氷壺 일천명월조빙호

48

완평군 이원익에게 드림

마음만 같다면 행실 다름이 무슨 상관 있으리요
시중은 시끄럽기만 하고 산중은 고요하기만 하네
이 마음은 담담하여 시중과 산중의 구별이 없으니
온 하늘의 밝은 달이 깨끗한 마음을 비춰리

附次韻 完平 부차운 완평

塵客仙曹道自殊 진객선조도자수

我求榮達子枯孤 아구영달자고고

欲知意味相同處 욕지의미상동처

秋月明時酒一壺 추월명시주일호

완평군의 운자를 빌려 씀

진객과 신선은 길이 절로 다르니

나는 영달만을 찾고 그대는 고고한 것만 찾았네

두 사람의 의미가 서로 같음을 알려고 한다면

가을 달 밝은 때 술 한 병을 기우릴 자리일세

在伽倻山寺次女壻成以道韻 재가야산사차녀서성이도운

鬱鬱靑松在石岡 울울청송재석강

淸宵獨寤起彷徨 청소독오기방황

山窓靜寂無塵事 산창정적무진사

只翫蒼髥傲雪霜 지완창염오설상

가야산사에서 사위 성이도의 시
운자를 따서 지음

울창한 푸른 솔은 돌 산에 우뚝 서 있는데

맑은 밤중에 홀로 깨어 그 곁을 방황하네

산창은 고요하여 세속의 일은 없으니

눈과 서리 속에 꼿꼿하게 서 있는 푸른 소나무의 굳은 절개를

바라보노라

下伽倻 하가야

山中寥寂勝塵間 산중요적승진간

靜裏乾坤合做仙 정리건곤합주선

從他訛語驚人耳 종타와어경인이

回首伽倻獨悵然 회수가야독창연

※「종타」(從他)는「시위」(時危)로 기록되어 있기도 하다.

54

가야산을 내려오다

산 속의 고요함이 속세보다 나은데

고요한 속의 세계는 신선되기에 합당하도다

들려오는 속세 소식 사람의 귀를 놀라게 하니

가야산을 돌아보고는 홀로 한탄할 뿐이네

秋夜泛舟 추야범주

風輕露白月明秋 풍경노백월명추

雖從盃觴心自收 수종배상심자수

兄弟姉妹群孫姪 형제자매군손질

都載扁翩一葉舟 도재편편일엽주

가을밤에 뱃놀이를 하다

바람은 가볍고 이슬은 맑아 달이 밝은 가을밤

술상은 비록 어지러우나 마음만은 절로 조마하네

형과 아우 자매 외에 여러 손자 조카들이

다 함께 가볍게 흔들리는 한 척의 거룻배에 탔으므로

庚戌季秋栖伽倻山到洞口 경술계추서가야산도동구

秋山何處無松柏 추산하처무송백

爲愛伽倻獨有骨 위애가야독유골

孤雲猶在度人否 고운유재도인부

點點凝神問水石 점점응신문수석

경술년 늦가을 가야산에 머물 때
골짜기 어귀에 이르다

가을산 어느 곳인들 소나무 잣나무가 없을까마는
가야산만이 유독 골격을 갖추고 있었기 때문이네
고운 선생이 아직 살아서 사람들을 제도하시는지
잠잠히 마음 여미고서 물과 돌에 물어 볼까나

贈主人 증주인

窓前每聽松風寒 창전매청송풍한

階下長看水月團 계하장간수월단

日日身閒心又靜 일일신한심우정

平生全未羨高官 평생전미선고관

주인에게 줌

창 앞에선 서늘한 솔바람 소리 언제나 들려오고
섬돌 아래선 물에 비친 둥근 달 그림자를 늘 볼 수가 있네
날마다 몸이 한가롭고 마음 또한 고요하니
평생토록 높은 벼슬자리 부러워하지 않으리

無題 二首 1 무제 이수 1

非賢非智又非禪 비현비지우비선

栖息江干絶火煙 서식강간절화연

後人若問成何事 후인약문성하사

鎭日無爲便是仙 진일무위편시선

제목을 붙이지 않고 지음 1

현인도 아니고 지자도 아니며 스님도 아닌 사람이
강 언덕에 깃들어 살며 불에 익힌 음식을 먹지 않았네
후세인들이 뒷날 무엇을 이루었느냐고 묻는다면
종일토록 하는 일 없었으니 이것이 바로 신선이라 하겠네

無題 二首 2 무제 이수 2

獨坐中宵鷄叫晨 독좌중소계규신

含光混世擬全眞 함광혼세의전진

爭趣名利滔滔是 쟁추명리도도시

守道如今有幾人 수도여금유기인

제목없이 지음 2

한밤중까지 홀로 앉았으니 새벽 닭이 우는데

혼탁한 세상에서 미덕을 숨기면서 자연의 진성을 보전하려고

하네

명리를 추구하고자 함이 세상의 풍조이니

인류의 상도를 지키는 사람이 오늘날 몇 사람이나 있으랴

江上偶吟 강상우음

江上淸風過戶庭 강상청풍과호정

山間明月入窓欞 산간명월입창령

主人取用無他事 주인취용무타사

不待修生身自康 부대수생신자강

강 언덕 위에서 우연히 읊음

강 위의 맑은 바람은 집 뜰을 스쳐가고
산 사이 밝은 달은 창 난간에 들어오네
주인이 취해 쓸 것이 풍월밖에 없으니
수양 장생할 것없이 몸 절로 편안하네

輓金東岡 만김동강

前春垂札誨言深 전춘수찰회언심

豈意如今聽訃音 기의여금청부음

雅容和氣平常議 아용화기평상의

永隔幽明慟余心 영격유명통여심

김동강에 대한 만사

지난 봄 주신 편지에 가르침 깊었는데
오늘에 부음 들을 줄 어찌 생각이나 했으랴
고상한 용모 온화한 기상 떳떳한 담론은
유명을 영원히 달리하니 내 마음 슬퍼지네

輓安磊谷克家 만안뇌곡극가

心高平昔閒居日 심고평석한거일

行篤流離窘敗時 행독유이군패시

常相愛慕相從濶 상상애모상종활

奄隔幽明我慟之 엄격유명아통지

뇌곡 안극가에 대한 만사

평소 한가한 때에는 마음이 고상했고

떠돌이로 군색할 때에도 행실은 독실했네

늘 서로 사랑하고 그리워하지만 만남은 뜸했는데

문득 유명을 달리 하니 내 마음 아려오네

在靈巖逢女壻辛膺 재영암봉녀서신응

男子當爲死義臣 남자당위사의신

天涯此日傍漁隣 천애차일방어린

雲山疊疊歸魂夢 운산첩첩귀혼몽

道路長長來故人 도로장장래고인

一片丹心老益壯 일편단심노익장

千莖白髮櫛還新 천경백발즐환신

莫非王土無堪恨 막비왕토무감한

沽酒尋梅醉早春 고주심매취조춘

영암에서 사위 신응을 만남

남자는 마땅히 절의를 위해 죽는 신하가 되어야 하지만

아주 먼 시골이라 지금은 어부를 이웃하며 살게 되었네

구름 산 첩첩하니 꿈 속의 넋이나 돌아갈 수 있는데

길이 멀어도 오래된 친구는 찾아오네

한 조각의 정성된 마음은 늙을수록 더욱 웅장해지고

천 줄기의 백발은 빗을수록 다시 희어지네

나라 땅 아닌 곳이 없어 한스러울 것 없으니

술을 받아 매화 찾아 이른 봄에 취해 볼까나

江舍偶吟 三首 1 강사우음 삼수 1

朋友憐吾絶火煙 붕우련오절화연

共成衡宇洛江邊 공성형우낙강변

無飢只在啗松葉 무기지재담송엽

不渴惟憑飮玉泉 불갈유빙음옥천

守靜彈琴心澹澹 수정탄금심담담

杜窓調息意淵淵 두창조식의연연

百年過盡亡羊後 백년과진망양후

笑我還應稱我仙 소아환응칭아선

강사에서 우연히 읊음 1

벗들이 내 화식 끊은 것을 가련히 여겨

힘을 모아 낙동강 가에 조촐한 정자를 지었네

배고프지 않는 것은 다만 솔잎을 먹고 있기 때문이고

목마르지 않는 것은 오직 옥천수를 마시고 있기 때문이며

고요하게 거문고 타니 마음은 담담할 뿐이고

창문 닫고 호흡 고르니 뜻은 깊어가노라

한평생을 다 지낸 뒤에 망양을 탄식하니

내가 도리어 신선이라 일컬음이 가소롭기만 하네

江舍偶吟 三首 2 강사우음 삼수 2

棄絕僞僞人世事 기절위위인세사

滄巖巖上數椽成 창암암상수연성

陰雲捲處群山出 음운권처군산출

好雨晴時百草生 호우청시백초생

月滿宇中神自爽 월만우중신자상

風鳴波上夢頻驚 풍오파상몽빈경

逍遙漁釣消塵慮 소요어조소진려

今日江湖得聖淸 금일강호득성청

강사에서 우연히 읊음 2

하기 위한 속세의 일 다 버려두고서

창암 바위 위에 두어 칸 집을 지으니

흐린 구름 걷힌 곳엔 뭇 뫼들이 솟아나고

단비 개일 때면 온갖 풀 돋아나네

달빛이 난간에 가득하니 정신이 절로 상쾌해지고

바람이 물결 위에 불어오니 꿈을 자주 깨게 되네

낚시질로 소요하여 속세 생각 물리치니

오늘에사 강호에서 성대 평화를 얻게 되네

江舍偶吟 三首 3 강사우음 삼수 3

出塵離世栖三返 출진리세서삼반

默默抽鉛汞自添 묵묵추연홍자첨

斷崖後前花似錦 단애후전화사금

長江上下水如藍 장강상하수여람

巖空響捷聲成二 암공향첩성성이

月白波澄影便三 월백파징영편삼

俗子莫言仙不在 속자막언선불재

此心終日靜湛湛 차심종일정담담

강사에서 우연히 읊음 3

진루를 벗어나고 속세를 떠나 삼경에 머무르면서

조용히 납을 뽑아내니 수은 절로 더해지네

전인단애의 앞뒤에는 비단 같은 꽃이 피고

긴 강 아래위엔 쪽빛 같은 물이로세

텅 빈 바위에 울림이 빠르니 두 소리를 이루고

밝은 달에 물결이 맑으니 그림자 셋이라네

속인들아 신선 없다 말하지 말라

이 마음 종일토록 고요하고 담담하네

詠懷 二首 1 영회 이수 1

昔日驅馳萬死身 석일구치만사신

如今無事一閒人 여금무사일한인

簞空無惱休糧粒 단공무뇌휴량립

年老忘憂絶世塵 년노망우절세진

鎭日閒居調祖氣 진일한거조조기

中宵獨坐養元氣 중소독좌양원기

乘雲駕鶴雖難必 승운가학수난필

擬做三全閱百春 의주삼전열백춘

회포를 읊음 1

지난날 왜적 토벌에 진력했으니 죽음 무릅쓴 몸인데

지금토록 사고 없으니 한가로운 한 사람이네

밥그릇이 비어도 근심이 없는 것은 곡식을 먹지 않기 때문이고

늙어도 근심을 잊은 것은 속세의 일을 끊었기 때문이네

종일토록 한가로이 지내며 조기를 조절하고

밤중까지 홀로 앉아 원기를 함양하네

구름 타고 학 타는 일은 비록 기약키 어려우나

삼전을 보전하여 백 년을 지낼걸세

詠懷 二首 2 영회 이수 2

落落磊磊斷斷身 낙락뇌뢰단단신

逍遙物外是眞人 소요물외시진인

千金散盡心憂國 천금산진심우국

三尺提揮手掃塵 삼척제휘수소진

知足知幾隨命分 지족지기수명분

忘幾忘慮養精神 망기망려양정신

江窓日永身無事 강창일영신무사

烏竹蒼松共一春 오죽창송공일춘

회포를 읊음 2

큰 뜻 높은 기상 성실한 몸으로서

세상 밖에서 소요하는 것이 신선이라네

온 재산을 다 흩은 것은 나라 걱정 마음 때문이고

작은 칼을 휘두른 것은 손수 흉적을 소탕코자 함이었네

만족을 알고 기미를 알아서 명분을 따르고

기심을 잊고 사려도 잊고서 정신을 수양하네

강사 창가에 해 길어도 나에겐 할 일 없으니

절개 굳은 오죽 창송과 함께 이 봄을 보내려네

次郭上舍█晉韻 차곡상사진운

年少譽奇六出奇 연소상기육출기

晚來調息恨無師 만래조식한무사

眞空欲就三千日 진공욕취삼천일

靜定無虧十二時 정정무휴십이시

對月臨風便當貴 대월림풍편당귀

餌松啗栢忘貧飢 이송담백망빈기

休將時事聞吾耳 휴장시사문오이

獨寤中宵手支頤 독오중소수지신

상사 곽진이 지은 시의 운자를 따서 짓는다

젊을 때 익힌 무술로 전쟁을 치루었는데

만년에 호흡 조절하는데 스승 없음이 한스럽네

진공은 삼천 날까지 나아가야 하고

정정은 열두 시를 빠짐이 없어야 하네

달을 쳐다보고 바람을 쏘이니 이것이 곧 부귀이라

솔잎 씹고 잣씨를 먹으니 가난과 배고픔을 잊을 수 있네

속세 일을 가지고 내 귀에 들리지 말게나

밤중에 턱 괴고 앉아 잠 못 이뤄 하노라

漫成 만성

時人若要學長生 시인약요학장생

先是樞幾晝夜行 선시추기주야행

恍惚中間惠志氣 황홀중간혜지기

虛無裏面固元精 허무이면고원정

龍交虎戰三周畢 용교호전삼주필

兎走鳥飛九轉成 토주오비구전성

煉出一爐神聖藥 연출일려신성약

五雲歸去路分明 오운귀거로분명

생각나는 대로 읊음

누구나 장생하는 비결을 배우려고 한다면

밤낮으로 단전호흡을 먼저 행하라

황홀한 경지에서 뜻과 기운을 집중해야 하고

허무함 속에서 원기정력을 굳게 하라

용과 호랑이가 서로 싸운 것도 3주년에 끝나고

토끼와 까마귀가 빨리 지나가니 아홉 번 만에 이루어졌네

한 화로의 신성한 단약을 만들어 내니

오색구름 걷힌 뒤에 돌아가는 길이 밝으리라

次韻 차운

一別居然三十秋 일별거연삼십추

故園歸思行悠悠 고원귀사행유유

何當便上南樓月 하당편상남루월

却話銅胡泛片舟 각화동호범편주

차운함

한 번 작별한 지 어느덧 삼십 년이 지났으니
고향에 돌아갈 생각 갈수록 많아지네
어느 날 다시 남루에 올라 달을 감상하면서
동호에서 조각배를 띄우던 일을 말하리오

■ 의병장 곽재우(郭再祐)의 자는 계유(季綏)이고 호는 망우당(忘憂堂)이며 시호는 충익(忠翼)이다. 홍의장군은 별호(別號)이다.

■ 조부 지번(之藩)은 문과에 급제하여 관이 성균관 사성(司成)에 오르고 증직은 승지(承旨)였다. 부친은 문과에 급제하여 사헌부, 홍문관, 사간원 등의 청요직을 지내고 의주목사와 황해도감사를 지냈으며, 예조판서에 추증되었다.

1552년(1세)

8월 28일 무인 해시 의령현 세간리(현 경남 의령군 유곡면 세간리) 사제에서 출생하다.

1554년(3세)

모부인 강씨 서거하다.

1559년(8세)

부 정암공이 지은 용연정에서 형제들과 함께 독서하다.

1566년(15세)

자굴산(의령 소재) 보리사에서 독서, 유학에 침잠하면서 제자백가에까지 두루 관심을 갖다.

1567년(16세)

상산김씨를 부인으로 맞이하다.

1570년(19세)

학문하는 여가에 사어서수를 익히고 무경·병서에도 방통하다.

1574년(23세)

부 정암공이 의주목사로 부임하자, 의주에 배종하여 지방행정에 관심을 가지게 되다.

1578년(27세)

부 정암공이 사신으로 명경에 파견되자 배종하여 그곳 관상자로부터 「뒤에 반드시 큰 사람이 되어 명망이 천하에 떨칠 것이다」라는 평을 듣다.

1585년(34세)

정시(庭試)을과(2등)에 급제했으나 논지(論旨)가 문제되어 파방당하자 과거를 포기하다.

1586년(35세)

부 정암공의 상을 당해 여묘하다.

1589년(38세)

탈상후 의령현동 기강 위에 돈지강사를 짓고 어조(魚釣)를 즐기면서 은

거생활을 하다.

1592년(41세)

4월 13일에 왜적침입, 열읍이 모두 무너지고, 수령 감사 병사가 도망가자, 현풍현 신당 소재 선영의 봉분을 무너뜨려 평평하게 고르고 계모 허씨와 일가족을 낙동강우의 심곡중에 피난시킴. 4월 22일 세간리에서 창의기병하여 정암진과 낙동강을 근거로 의병활동을 전개. 순찰사 김수의 죄목을 들어 성토하므로써 의병·관병간의 충돌이 있자, 초유사 김성일의 거중조정으로 전열을 다시 가다듬고 진주성을 구원함. 7월에 유곡찰방과 형조정랑이 제수되었으나 불부. 10월에 조방장에 승진되다. 상초유사, 답초유사, 통유도내열읍문, 격순찰사김수문, 창의시 자명소를 짓다.

1593년(42세)

5월 김성일의 상에 왕곡(往哭)하고, 명장 유정(劉綎)이 성주의 팔거현에 진주하자 이습영장(肄習領將)으로 왕래하다. 6월 24일 부인 김씨 졸함. 12월에 성주목사겸 조방장에 제수되다.

1594년(43세)

삼가의 악견산성 수축. 충용장군 김덕령과 서신교환. 산성수어지무(山城守禦之務)에 전심, 명군의 영남이둔(移屯)을 반대하다. 답김장군, 상체찰사이상국서를 짓다.

1595년(44세)

봄에 진주목사에 제수되다. 감사 서성으로부터 만류하는 서한 받았으나

가을에 기관귀향하다.

1597년(46세)

방어사로서 석문산성(현풍현)을 신축하던 중 정유재란으로 인해 8월에 창녕의 화왕산성을 지킴. 8월 29일 모상을 당해 가태리 비슬산록에 가매장하고 강원도 울진에 피지, 지상중 9월과 10월에 기복유지를 받았으나 불기함. 사기복제일소. 제이소(第二疏) 올리다.

1599년(48세)

9월 10일에 경상좌도병사에 제수. 10월 19일 부임. 11월에 도산성을 수축함이 옳다고 조정에 계청(啓請)하다. 기복제삼소, 도산성을 수선함이 필요하다는 보고서를 올리다.

1600년(49세)

진영을 물러나는 사유를 적어 상소하고 기관(棄官) 귀향하였다가 대간의 탄핵을 받아 영암에 유배되다.

1602년(51세)

유배지에서 풀려나 비슬산에 입산, 벽곡찬송하다. 영산현 낙동강변에 창암강사를 짓고 망우정이라 편액하다.

1604년(53세)

봄에 찰리사(察理使)의 명을 받고 성지형세(城地形勢)를 두루 살피다. 5월과 8월에 선산부사, 안동부사에 제수되었으나 나아가지 아니하다. 10월에 부호군, 11월에 상호군에 승진되다.

1605년(54세)

찰리사 충무위사정(忠武衛司正), 동지중추부사(同知中樞府事) 제수. 3월에 조정의 부름을 받고 입경, 한성부우윤에 옮김. 8월에 인동현감에 제수되었으나 불부하다

1607년(56세)

1월 27일 한강 정구 · 여헌 장현광 등과 함께 용화산 아래 낙동강에서 선유회를 갖다.

1608년(57세)

광해군 즉위. 7월 경상좌도병사에 제수되었으나 나아가지 아니함. 9월, 11월과 12월에 3차 상소하여 임해군의 처단과 전은론(全恩論)의 잘못을 거론하다. 사소명소(辭召命疏), 토역소(討逆疏), 척전은소(斥全恩疏)를 올리다.

1609년(58세)

1월과 3월에 경상우병사와 삼도통제사에 제수되었으나 나아가지 아니함. 7월에 부호군에 제수되다.

1610년(59세)

7월에 대호군겸 오위도총부 부총관에 제수, 8월 한성부좌윤에 이어 함경도감사에 전임되자, 역관(譯官)과 원접사(遠接使) 등의 명사접대 잘못에 대해 상소 극론(極論)하다. 9월에 시폐(時弊)를 논한 상소를 한 다음 곧 하향, 해인사 백연암에서 수개월 머물다. 중흥삼책소(中興三策疏), 진시폐소(陳時弊疏), 청죄통사원접사소(請罪通事遠接使疏) 등 올리다.

1613년(62세)

3년 동안 강사에 머물다가 봄에 비슬산 조암에 들어감. 4월 17일 전라 병사에 제수되었으나 나아가지 아니하고 6월 26일에 영창대군 신원소 올리다.

1617년(66세)

3월 발병. 4월 10일 강사에서 서거. 8월에 현풍현 구지산 신당선산에 안장하다.

1618년

사림이 현풍현 가태리에 충현사를 세우고 선생위판을 봉안하다.

1629년

『망우당집(忘憂堂集)』 초간본을 간행하다.

1674년

현풍현감 유천지(柳千之)의 주선으로 사당이 있던 그 자리에 서원을 창건하고 7월 25일 존재 곽준 선생의 위판과 함께 연향하다.

1677년

서원에 예연이란 사액이 하달되다.

1709년

증직 · 증시 운동이 사림에 의해 추진된 결과 병조판서에 추증되고 『충익(忠翼)』이란 시호가 내리다.

1771년

『망우당집(忘憂堂集)』 중간본 오권 삼책 목판본이 예연서원에서 간행되다.

1972년

대구망우당공원에 망우당 동상을 건립하고 의령에는 충의각과 의병탑을 건립하다.

1978년

국가에서 의령군에 충익사(忠翼祠)를 창건하여 휘하 17장령과 함께 위패를 봉안하고 매년 4월 22일 추모제를 올리고 있으며, 음력 8월 28일에는 탄신다례를 올리고 있다.

1998년

대구망우당공원 망우당 동상 아래에 임란호국 영남충의단을 건립하고 영남지역 의병 315위의 위패를 함께 봉안하고 매년 4월 15일 추모제를 지내고 있다.

| 참고문헌 |

■ 李載浩 譯註(2002). 〈國譯 忘憂先生文集〉. 集文堂.

■ 이재호 역주(2002). 〈국역 망우선생문집〉. 집문당.

■ 洪瑀欽 譯註(2003). 〈修正國譯 忘憂先生文集〉. 도서출판 신우

■ 홍우흠 역주(2003). 〈수정국역 망우선생문집〉. 도서출판 신우